Un agradecimiento especial a Stephen Cole

*A Karen, por todo lo que ha hecho
por la Búsqueda*

DESTINO INFANTIL Y JUVENIL, 2008
infoinfantilyjuvenil@planeta.es
www.planetadelibrosinfantilyjuvenil.com
www.planetadelibros.com
Editado por Editorial Planeta, S. A.

© de la traducción: Macarena Salas, 2008

Título original: *Nanook, the Snow Monster*

© del texto: Working Partners Limited 2007
© de la ilustración de cubierta: David Wyatt 2007
© de las ilustraciones interiores: Orchard Books 2007
© Editorial Planeta S. A., 2008
Avda. Diagonal, 662-664, 08034 Barcelona
Primera edición: abril de 2008
Sexta impresión: febrero de 2012
ISBN: 978-84-08-07777-0
Depósito legal: M. 29.039-2010
Impreso por Liberdúplex, S. L.
Impreso en España – Printed in Spain

El papel utilizado para la impresión de este libro es cien por cien libre
de cloro y está calificado como **papel ecológico**.

Nanook
EL MONSTRUO
DE LAS NIEVES

ADAM BLADE

EL VAL

LAS MONTAÑAS
DEL NORTE

OCÉANO OESTE

EL BOSQUE
SINIESTRO

EL

*B*ienvenido a Avantia. Yo soy Aduro, un brujo bueno, y vivo en el palacio del rey Hugo. Te unes a nosotros en momentos difíciles. Déjame que te explique...

Dicen las Antiguas Escrituras que, un día, el pacífico reino de Avantia se verá amenazado.

Ese día ya ha llegado.

Bajo el maleficio de Malvel, el Brujo Oscuro, seis Fieras —el Dragón de fuego, la Serpiente marina, el Gigante de la montaña, el Hombre caballo, el Monstruo de las nieves y el Pájaro en llamas— se han vuelto malvadas y pretenden destruir la tierra que antes protegían.

El reino corre un gran peligro.

Las Antiguas Escrituras también predicen que aparecerá un héroe inesperado. Está escrito que un muchacho emprenderá la Búsqueda para liberar a las Fieras y salvar el reino.

No sabemos de dónde surgirá este joven, pero sabemos que ha llegado el momento.

Rezamos para que este muchacho tenga el coraje y la osadía suficientes para llevar a cabo esta misión. ¿Quieres unirte a nosotros y ver lo que sucede?

Avantia te saluda.

Aduro

PRÓLOGO

Albin corrió por el campo de hielo hacia la pelota de fútbol, sin hacer caso de las punzadas de dolor que sentía en un costado. Hizo que sus piernas corrieran más y más deprisa.

Su equipo iba un gol por debajo y estaba oscureciendo. Muy pronto, todos volverían al campamento nómada para cenar, y el partido se acabaría. Si tan sólo pudiera empatar...

Llegó a la pelota un segundo antes que el portero y la chutó con toda su fuerza. El balón entró en la portería levantando una nube de nieve.

—¡Bien! —exclamó, y su equipo le rodeó, dando gritos de alegría.

—Ahora te toca a ti ir a buscar la pelota —dijo el portero secamente. ¡No estaba nada contento!

La portería no tenía red, y Albin le había dado tan fuerte a la pelota que la había mandado hasta unas dunas de nieve que se hallaban detrás del campo de fútbol.

—Ten cuidado —le advirtió otro niño—. Los ancianos dicen que han visto panteras de nieve en las dunas.

—Claro que tendré cuidado —dijo Albin sonriendo.

Había vivido en el gélido norte de Avantia toda su vida y se conocía el blanco paisaje invernal como la palma de su mano: los campos de hielo, el mar y el lago congelados, las dunas de nieve y los campamentos nómadas donde vivía con su familia.

«No hay nada que temer», pensó.

Corrió hasta el límite del campo de hielo y subió a una duna de nieve. Desde ahí se veía el blanco paisaje, que se extendía en la distancia y brillaba bajo la luz de la tarde.

Albin se protegió los ojos del resplandor del sol, pero no vio la pelota por ninguna parte. A lo lejos, oyó que sus amigos volvían al campamento, riendo y gritando.

Bajó la cuesta y llegó a un camino estrecho y helado que se metía entre las dunas. Allí vio la pelota. Pero estaba totalmente aplastada. La miró confundido. ¿Qué le habría pasado?

Entonces oyó algo. Un sonido extraño y muy fuerte, parecido al tintineo de una campana.

Albin se agachó para coger la pelota,

y una sombra le pasó por encima. Una sombra inmensa.

Muerto de miedo, miró hacia arriba.

Una criatura gigantesca, cinco veces más grande que él, se hallaba a pocos metros, moviéndose de un lado a otro sobre sus enormes patas traseras. Estaba cubierta de pelo duro y blanco. Miró fijamente a Albin con sus ojos rojos como la sangre, y lanzó un zarpazo con su manaza de uñas de marfil. Abrió su mandíbula babeante y mostró sus afilados colmillos amarillentos. La Fiera llevaba una cadena al cuello, de la que colgaba una pequeña campana de bronce. Se había arrancado el pelo en esa zona, y la tenía en carne viva.

Albin tenía tanto miedo que no podía ni gritar. Intentó dar la vuelta y salir corriendo, pero le empezaron a temblar las piernas como la gelatina, se resbaló y se cayó de espalda.

El monstruo pegó un pisotón en el camino de hielo con su inmensa pata.

El golpe hizo que a Albin le temblaran todos los huesos. Presa del pánico, consiguió incorporarse y se echó a un lado para quitarse del camino de la Fiera. Las garras del monstruo le rozaron el costado, rasgándole las gruesas ropas y dejándole la piel al descubierto. Albin gritó de dolor. Se tocó el lado y notó sangre, pegajosa y cálida. Desesperadamente, subió a gatas por la duna. Si consiguiera llegar hasta arriba, a la vista del campamento, a lo mejor podría salvarse...

CAPÍTULO 1

EMPIEZA LA MISIÓN
EN EL NORTE

—De todos los sitios a los que hemos ido durante nuestra misión —dijo Tom— éste debe de ser el más alucinante.

Se quedó observando el paisaje helado, que se extendía hasta donde se perdía la vista, de un blanco resplandeciente bajo un cielo de color azul intenso. Era por la tarde y el sol brillaba con fuerza.

—Está desolado —observó Elena, temblando—. Pero es impresionante.

Su lobo mascota, *Plata*, estaba a su lado. Tenía su pelo gris salpicado de copos de nieve y le colgaban algunas pequeñas estalactitas de hielo. Elena lo abrazó, agradecida por el calor que le daba su cuerpo en las piernas.

—Voy a mirar el mapa para ver cuánto nos queda —informó Tom. Sacó del bolsillo el viejo pergamino que le había dado el brujo Aduro, el consejero del rey.

El pelaje negro azabache de su caballo, *Tormenta*, resaltaba sobre el blanco paisaje. *Tormenta* relinchó suavemente cuando Tom le acarició el cuello. Tom y Elena no podían montarlo en esos campos helados, ya que los cascos le resbalaban sobre la nieve y el hielo. Así que el viaje había sido muy largo.

—Estamos cerca de la zona más nor-

te de Avantia. Debemos de estar casi al final del camino—. Tom señaló el camino rojo que brillaba en el mapa, indicando la ruta.

No era un mapa normal. Tenía poderes mágicos; y había llevado a Tom y a Elena a cuatro lugares diferentes, donde habían cumplido su misión de salvar al reino de la amenaza mortal de las Fieras.

Durante toda su vida, Tom había oído las historias de las Fieras, unas criaturas legendarias que vivían en los rincones más apartados del reino, protegían a Avantia y la ayudaban a prosperar. Cuando era pequeño y vivía con sus tíos, pensaba que eran una leyenda. Desde luego, él nunca había visto una Fiera. Pero tampoco había visto nunca a su padre, Taladón *el Rápido*.

Tom no sabía si algún día conocería a su padre, pero lo que sí sabía era que las Fieras eran reales. El malvado brujo Malvel las había esclavizado con un maleficio y las utilizaba para que provocaran el terror y destrucción por todo el reino. Alguien muy especial tenía que liberar a las Fieras y salvar al reino de la ruina. El rey Hugo y el brujo Aduro habían elegido a Tom. ¡Y él estaba decidido a no defraudarlos!

Cuando empezó su primera misión,

sólo contaba con su caballo, *Tormenta*, y su espada. Pero muy pronto conoció a Elena y a su lobo, *Plata*, que se unieron a la búsqueda de las Fieras. Tom sabía que sin ellos nunca habría llegado tan lejos. Juntos habían liberado a cuatro Fieras del maleficio de Malvel y ahora iban en busca de la quinta: *Nanook*, el Monstruo de las nieves.

Muchas de las plantas que se usaban para hacer las medicinas de Avantia crecían en el helado Valle Glacial del norte, pero sin la protección de *Nanook*, los nómadas que vivían en esa zona no podrían cultivarlas ni recogerlas. ¡El reino se estaba quedando sin medicinas! Tom sabía que tenía que encontrar al Monstruo de las nieves y liberarlo.

«Mientras corra la sangre por mis venas, liberaré a cada una de las Fieras», pensó.

—Mejor seguimos el camino —dijo.

Elena, que estaba mirando el mapa por encima del hombro de Tom, señaló un pequeño grupo de tiendas de campaña muy pequeñitas que se alzaban en el pergamino y se movían ligeramente por la brisa.

—Parece que por aquí cerca hay un campamento de nómadas. A lo mejor podemos pasar ahí la noche. Estoy tan cansada que me dormiría de pie.

—Yo también —asintió Tom—. ¡Vamos!

Volvieron a ponerse en camino. Tom llevaba a *Tormenta* de las riendas y Elena y *Plata* iban detrás. De pronto se levantó una brisa helada que los hizo temblar, a pesar de que iban muy bien abrigados.

Tom aceleró la marcha.

—Vamos. Cuanto antes encontremos un sitio seguro y cálido, mejor.

Entonces *Plata* se detuvo y ladró dos veces con fuerza.

Elena se agachó a su lado.

—¿Qué pasa, muchacho? —le preguntó.

Tom vio que el lobo entrecerraba los ojos y empezaba a gruñir.

—A lo mejor nota algo —dijo. El lobo siempre era el primero en detectar el peligro.

Una ráfaga de viento aún más fuerte les sacudió la ropa. Esta vez no se calmó. En poco tiempo, el viento empezó a silbar, y una lluvia de copos de nieve y hielo empezó a caerles encima.

—¡No me digas que se está formando una tormenta de nieve! —exclamó Elena intentando levantar la voz por encima del ruido del viento—. Hace un minuto el cielo estaba despejado.

—Ya no —gritó Tom. En ese momento, el cielo estaba lleno de nubes grises

que parecían cargadas de nieve—. Tenemos que seguir avanzando y encontrar el campamento.

Pero las nubes y la nieve bloqueaban el sol, y no había manera de ver por dónde iban. El mapa no les servía de nada.

—Creo que era por aquí —indicó Tom, dirigiéndose hacia la neblina gris y blan-

ca, e intentando no dejarse llevar por el pánico—. ¿O era hacia el otro lado?

—No estoy segura —repuso Elena mientras la tormenta arreciaba a su alrededor—. Pero tenemos que refugiarnos cuanto antes o no saldremos vivos de esta tormenta.

CAPÍTULO 2

ENTERRADOS EN LA NIEVE

Tom se había enfrentado a muchos peligros a lo largo de sus misiones y no estaba dispuesto a darse por vencido por una tormenta de nieve. Pero tenía tanto frío que ya no notaba los pies, ni las manos, ni la cara. Muy pronto dejaría de sentir todo el cuerpo.

Agarró las riendas de *Tormenta* y lo guió por la nieve, con la esperanza de estar yendo en la dirección correcta. Pero no estaba seguro.

—¡No veo nada! —gritó Elena.

—Agárrate a *Tormenta* —sugirió Tom, pero el viento se llevó sus palabras antes de que Elena las pudiera oír.

Empezó a avanzar desesperadamente, pero se quedó sin aliento cuando se dio contra algo sólido.

—¿Qué ocurre? —preguntó Elena por encima del viento.

—¡Creo que hemos llegado a un montículo de nieve! —gritó desesperado.

Entonces notó que *Plata* se metía entre sus piernas y empezaba a cavar en la nieve.

Tom sintió una oleada de esperanza.

—¡Claro! Podemos hacer...

—¡... una cueva de nieve! —terminó Elena. Se arrodilló y empezó a meter las manos en la nieve apelmazada.

—Espera —dijo Tom, quitándose el escudo de la espalda. Se lo había dado el brujo Aduro, y cada vez que liberaba a una de las Fieras, adquiría un nuevo poder mágico. Después de haber luchado contra el Dragón de fuego, la Serpiente marina, el Gigante de la montaña y el Hombre caballo, le protegía del fuego, de ahogarse y de las caídas desde gran altura, y le daba más velocidad. ¡Pero en este momento lo podía usar de pala!

Empezó a cavar en la nieve con el escudo. *Plata* le ayudaba apartando la nieve con las patas, y Elena sacó la espada de Tom de la alforja y empezó a dar golpes en la nieve dura.

—¡Tenemos que hacer una cueva grande para que quepamos todos! —gritó.

—Esto nos ayudará a entrar en calor —contestó Tom clavando el escudo en la nieve—. Pero no sé cómo vamos a meter a *Tormenta*.

Al oír su nombre, el caballo se acercó

y empezó a quitar la nieve con los cascos. Tom se sintió orgulloso. Los cuatro habían llegado muy lejos porque trabajaban en equipo. ¡Superarían esta terrible tormenta!

Por fin consiguieron hacer un agujero lo suficientemente grande para protegerlos de la tempestad. Elena y *Plata* se metieron primero.

—Vamos, *Tormenta* —animó Tom al caballo, que sólo podía poner medio

cuerpo dentro; aunque, de ese modo, tapaba la entrada y los protegía de la ventisca. Tom le cubrió el lomo y las patas traseras con mantas, y le ayudó a meter la cabeza y las patas delanteras en la cueva. Luego se sentó al lado de Elena.

Hacía frío y estaba oscuro. Se abrazaron las rodillas y se acercaron para darse calor, con *Plata* en medio. *Tormenta* apoyó su hocico en el hombro de Tom, relinchando suavemente.

Tom y Elena se miraron.

—No podemos hacer otra cosa —murmuró Tom.

Se quedaron callados, escuchando el silbido del viento. ¿Taparía la nieve la entrada de la cueva y se quedarían atrapados?

Lo único que podían hacer era quedarse sentados y esperar.

De pronto, la tormenta paró.

El viento dejó de soplar. Un rayo de sol entró en la cueva, por detrás del caballo.

—No lo puedo creer —exclamó Tom dándole palmadas en el cuello para que saliera de la cueva.

Tormenta caminó hacia atrás, y cuando salió de la cueva, se sacudió para quitarse la capa de nieve. *Plata* salió disparado hacia la luz, ladrando alegremente. Tom ayudó a Elena a levantarse, y juntos salieron de la cueva.

El cielo se estaba aclarando y cada vez se ponía más azul. El sol de la tarde todavía brillaba con fuerza.

—Es como si el mal tiempo se hubiera rendido y se hubiera retirado —comentó Elena filosóficamente.

—Ha debido de ser un temporal repentino —dijo Tom—. Vamos, cuando antes lleguemos al campamento de los nómadas, mejor. Igual saben dónde podemos encontrar a *Nanook*.

Elena puso una expresión seria y señaló al suelo.

—Mira, Tom, ¡a lo mejor *Nanook* nos encuentra a nosotros antes!

Justo delante de ellos había una huella gigante. Tom nunca había visto una huella tan grande. Se notaba que la garra tenía almohadillas y uñas. Era la huella de una criatura inmensa.

Tom echó un vistazo a los campos de hielo. Parecían estar vacíos.

Pero ahora sabía que el Monstruo de
las nieves andaba cerca.

Y para llegar al Valle Glacial no les
quedaba otro remedio que cruzar los
campos de hielo.

CAPÍTULO 3

ENCUENTRO EN LOS CAMPOS DE HIELO

Tom, Elena, *Plata* y *Tormenta* se dirigieron hacia el campamento de los nómadas, deslizándose y resbalándose por los campos de hielo y mirando ansiosamente a su alrededor por si veían al Monstruo de las nieves. Había charcos poco profundos de hielo derretido que brillaban al reflejar la luz del sol de la tarde. Tom se preguntó qué habría debajo del hielo. ¿Habría tierra sólida? ¿O mar? No había manera de saberlo. Tenían que seguir avanzando y esperar lo mejor.

Entonces, Tom vio en la distancia un punto negro que avanzaba hacia ellos. Entrecerró los ojos para ver mejor. Cada vez se hacía más grande.

—¡Mira! —llamó a Elena—. ¡Tenemos compañía!

—¿Quién es? —preguntó Elena.

Se detuvieron y forzaron la vista para verlo.

A medida que se acercaba, consiguieron ver que era un trineo de madera que se deslizaba por el hielo. Lo arrastraba un precioso poni dorado.

Delante del trineo había un hombre tapado con pieles de animales y un gorro de piel. Llevaba el caballo con unas riendas muy largas.

—¡Sooo! —ordenó, y el poni dorado

se detuvo obedientemente al lado de Tom y Elena. Sus cascos se movían sin dificultad por el hielo.

—Saludos —dijo el hombre—. Me llamo Brendan y soy el jefe de mi clan nómada.

Tom le estrechó la mano.

—Yo soy Tom, y ésta es Elena.

—Éstos son nuestros amigos *Plata* y *Tormenta* —añadió Elena—. *Plata* es un lobo manso. No le hará daño.

—¡Me alegra oír eso! —dijo Brendan. Con cuidado, le cerró la mano a Tom en un puño y luego le dio un toque con su propio puño—. Así es como se saluda mi gente —explicó e hizo lo mismo con Elena—. Es muy poco habitual encontrar a alguien viajando por los campos de hielo del norte, sobre todo con un caballo tan bueno.

Tom dudó. Debían de tener un aspecto sospechoso, pero el rey le había he-

cho jurar que mantendría su misión en secreto. ¿Qué le podía contar?

—El caballo fue un regalo —dijo por fin, evitando dar detalles—. Con él he recorrido la mitad del reino en una misión importante.

—¿Ah, sí? —preguntó Brendan—. ¿Y qué misión es ésa?

—Vamos en busca de hierbas curativas —soltó Elena—. Hemos venido hasta aquí para buscar una hierba que puede ayudar a curar la enfermedad que está afectando a nuestro pueblo. —Tom vio que había cruzado los dedos detrás de la espalda—. El Valle Glacial es famoso por sus hierbas medicinales, ¿verdad?

Brendan asintió.

—Efectivamente. A lo mejor tenemos la hierba que estáis buscando. Las hierbas del ártico tienen mucho valor porque son muy escasas. —Se agachó hasta unas ramas que tenían unas hojas verdes y las arrancó con cuidado. Las raíces de la planta eran blancas—. Por ejemplo, esto es un tipo de alga marina que puede crecer en el hielo. Ayuda a bajar la fiebre. Hemos montado nuestro campamento aquí, en la costa, para poder recogerla.

—¿Eso quiere decir que estamos andando por encima del mar helado? —preguntó Tom ansiosamente, mirando el hielo que tenía bajo los pies. Parecía totalmente sólido.

—Sí. Los campos de hielo son muy gruesos en unas partes y muy finos en otras. Tenéis suerte de haber llegado hasta aquí a salvo. —Brendan metió la planta en una bolsita que tenía atada a la cintura.

—¡Desde luego! —dijo Elena—. Tuvimos que hacer una cueva de nieve para escapar de la tormenta.

Brendan asintió.

—Últimamente estamos teniendo muchas tormentas de ésas. Y el sol ha estado bastante fuerte. Al hacer más calor, muchos animales vienen a esta zona. A mi hijo le atacó un animal ayer.

«Y como no está *Nanook* para protegerlos —pensó Tom—, los animales salvajes deben de ser un gran peligro.»

—Los campos de hielo ya no son tan seguros como antes —continuó Brendan, como si le hubiera leído el pensamiento—. Estamos pasando una época muy dura, y la madre naturaleza está muy inquieta —añadió—. Os podéis quedar en nuestro campamento para descansar. Está justo detrás de esas dunas de nieve, al final de este campo de hielo.

—Gracias, lo haremos —dijo Tom.

—Pero me temo que en el trineo sólo

tengo sitio para uno —se disculpó el jefe.

—Ve tú —le dijo Tom a Elena—. *Tormenta* y yo seguiremos las huellas del trineo hasta el campamento.

Elena estaba encantada de poder ir en trineo por primera vez. No necesitó que se lo dijeran dos veces. Sonrió y se sentó detrás de Brendan. *Plata* también se subió y se acurrucó a su lado.

Tom se despidió con la mano mientras el trineo se deslizaba hacia el campamento. El sonido del trineo se hizo cada vez más lejano y pronto le rodeó un silencio siniestro. El chico miró alrededor, en dirección al vasto Valle Glacial.

La madre naturaleza estaba muy inquieta. Y el Monstruo de las nieves también. *Nanook* debía de ser el responsable de todo el caos atmosférico. ¿Quién si no?

El cielo estaba volviendo a ponerse negro.

«Debo encontrar a *Nanook* —se dijo a sí mismo—. ¡Aunque sea lo último que haga!»

CAPÍTULO 4

NOCHE DE TERROR

Ya era casi de noche cuando Tom llegó al campamento nómada. Estaba formado por muchas tiendas de campaña colocadas en círculo alrededor de una hoguera gigante. Algunas tiendas eran pequeñas y bajas, otras en cambio, eran altas y estrechas. Parecía como una ciudad en miniatura hecha con palos y pieles de animales. Cuando Tom se acercó al campamento, vio que la gente también se tapaba con pieles de animales. Todos estaban ocupados; algunos jugaban al fútbol, otros cocinaban sobre el fuego, barrían la nieve de las tiendas o clasificaban las valiosas hierbas del ártico antes de remojarlas o ponerlas a secar al fuego.

Elena estaba esperando a Tom. Iba vestida con ropa muy gruesa hecha de pieles, que le habían dejado. *Plata* saltó hacia él y dio un ladrido de bienvenida.

—¡No recuerdo la última vez que había estado así de seca y abrigada! —dijo Elena poniéndole un montón de ropa en las manos—. Toma, tú también tienes ropa seca.

Tom se dio la vuelta y vio a Brendan que se acercaba con un niño pequeño.

—Bienvenido al campamento, Tom —dijo el jefe—. Éste es mi hijo, Albin.

—Hola —saludó el niño—. ¿Quieres ver mis heridas?

Se levantó la túnica para revelar tres profundos cortes en el costado. Parecían dolorosos.

—¡Ay! ¿Cómo te has hecho eso? —le preguntó Tom.

—Me atacó un Monstruo de las nieves en las dunas, pero me escapé —contestó muy orgulloso.

Tom y Elena se miraron.

—¡Lo que te hizo sí que fue monstruoso! —exclamó su padre—. Fuera el animal que fuera, tuviste suerte de que no te hiciera algo peor. ¿Cuántas veces te he dicho que no debes alejarte del campamento?

Brendan le revolvió el pelo cariñosamente al pequeño.

Albin sonrió, pero se podía ver el miedo en sus ojos.

—Era un Monstruo de las nieves —susurró—. Y llevaba una campana colgada del cuello.

Muy pronto, el clan se reunió alrededor del fuego para comer, y Tom y Elena los acompañaron. Pero el ambiente era sombrío. Todo el mundo estaba muy callado. Elena le dio a *Plata* un poco de su guiso mientras que *Tormenta* descansaba tranquilamente en los establos, donde tenía una buena cama de hierba seca, paja de aroma dulce y un cubo de agua.

Cuando cayó la noche, todos se tumbaron alrededor de las llamas.

Elena y *Plata* se durmieron en seguida. A Tom le hubiera gustado poder conciliar el sueño tan pronto como ellos, pero el ataque del Monstruo de las nieves a Albin había hecho que aumentaran sus temores sobre su futuro encuentro con *Nanook*. Sin embargo, sabía que su destino era superar ese

miedo. La Búsqueda era lo más importante que había hecho en su vida. Sabía que no podía abandonarla. No después de lo lejos que habían llegado.
¡Tenían que terminar la Búsqueda y
salvar el reino!

De pronto, se oyó un aullido inhu-
mano muy cerca.

Plata se despertó inmediatamente; se
le erizó el pelo de la espalda y enseñó
los dientes. La gente, medio dormida,
se levantó muerta de miedo. Tom desenvainó la espada. Le latía el corazón
a toda velocidad.

—¡Es una pantera de las nieves! —gritó alguien.

—¡Y está aquí al lado! —exclamó alguien más—. ¡Corred!

—¡Que nadie se mueva! —gritó Tom.
Todos se quedaron quietos—. Si nos
quedamos juntos, es posible que la
pantera no nos ataque —explicó—.

Pero si nos separamos e intentamos correr en distintas direcciones, irá detrás de la presa más fácil.

Se volvió a oír el aullido, esta vez aún más cerca.

—Antes, *Nanook* habría asustado a las panteras —susurró Elena—. Pero ahora pueden atacar a quien quieran cuando quieran.

Tom asintió.

—Menos mal que sólo hay una.

Pero aún no había acabado de decir eso cuando *Plata* empezó a gruñir a algo que estaba en dirección contraria.

Elena tragó saliva.

—Tom, ¿y qué pasa si no hay sólo una? ¿Qué pasa si la primera pantera sólo está intentando llamar nuestra atención...?

—¿... mientras sus amigas se acercan por detrás? —terminó Tom.

Se dieron la vuelta.

Efectivamente, vieron dos pares de ojos verdes en la oscuridad, detrás de la hoguera.

—¡Cuidado! —gritó Tom.

Dos felinos enormes aparecieron en la noche, lanzando gruñidos furiosos.

Inmediatamente, se organizó un gran caos. La gente gritaba y corría en todas las direcciones, intentando proteger a sus hijos y llamando a sus familiares.

¡Tom tenía que hacer algo! Pensó rápidamente; agarró la espada y golpeó la hoguera, haciendo que salieran volando varias ramas en llamas, brasas y chispas, que cayeron sobre la cara de los animales.

Las panteras rugieron de dolor y de rabia, y retrocedieron de un salto. Pero todavía no se habían dado por vencidas. Tenían hambre y podían oler los restos del guiso que descansaba encima de la hoguera. Aullaron furiosamente, sacaron las uñas y volvieron a atacar.

Esta vez, Tom cogió una rama ardiendo de la hoguera, y la empezó a agitar hacia las bestias mientras gritaba a pleno pulmón.

Las panteras cerraron las mandíbulas

con fuerza y silbaron como serpientes antes de retirarse y alejarse en la oscuridad, arrastrándose sobre el estómago.

—Gracias, Tom —dijo Brendan con una sonrisa.

Tom respiraba agitado y le temblaban las piernas.

—Fue *Plata* quien nos salvó. Si no nos hubiera avisado, nunca habríamos visto a las dos panteras que venían por detrás.

—Antes, las panteras no se atrevían a acercarse tanto —exclamó un hombre.

—¿Qué vamos a hacer? —preguntó una mujer—. ¿Dónde podremos estar seguros?

Tom miró a Elena.

—Nadie estará seguro aquí —murmuró—, hasta que liberemos a *Nanook* y pueda volver a proteger los campos de hielo. Tenemos que encontrar al Monstruo de las nieves cuanto antes.

CAPÍTULO 5

LA EXPEDICIÓN

A la mañana siguiente, Tom se despertó al amanecer. De la hoguera sólo quedaban unas pocas brasas.

Tenía un plan, pero antes necesitaba coger prestado un trineo.

Despertó a Elena y se arrastraron en silencio, alejándose de la hoguera mientras los nómadas dormían. *Plata* los siguió sigilosamente.

El jefe había puesto vigilantes alrededor del campamento, por si volvían las panteras. Los animales no se habían acercado, pero el eco de sus aullidos hambrientos había estado resonando durante toda la noche. Tom y Elena se encontraron con Brendan, que estaba haciendo guardia en el límite del campamento y miraba hacia los campos de hielo.

—Nos tenemos que ir ahora —dijo Tom—. Pero necesitamos un trineo. ¿Nos podría dejar uno? A pie no iremos muy rápidos, y nuestro caballo no está acostumbrado a andar sobre el hielo.

Durante un momento, Brendan los miró con una expresión seria.

—¿Alguna vez has llevado un trineo? —preguntó.

—No —admitió Tom—, pero *Tormenta* y yo nos entendemos muy bien. Aprenderemos en seguida.

Brendan lo estudió de cerca.

—Me da la impresión de que vuestra misión es algo más que recoger hierbas medicinales. Si no, ¿por qué ibais a tener un caballo tan bueno, por no mencionar el escudo y la espada?

Tom sonrió incómodo, pero no dijo nada.

Brendan suspiró.

—Supongo que tendré que confiar en vosotros —dijo con resignación—. Muy bien, venid conmigo.

Llevó a Tom y a Elena a los establos, donde había un trineo de aspecto resistente, hecho de corteza de árboles y pieles de animales. Las cuchillas eran de madera sólida.

Tom se sentó en el asiento del conductor, y Elena y *Plata* se pusieron detrás. *Tormenta* necesitaba unas herraduras especiales, con la parte de abajo rugosa, para que pudiera agarrarse bien al hielo, y esperó pacientemente a que el herrero del clan se las clavara en los cascos. Mientras tanto, Brendan les enseñó a Tom y a Elena cómo llevar las riendas, con pequeños tirones controlados.

Cuando estuvieron listos, Brendan llevó el trineo hasta los campos de hielo, en el límite del campamento.

—Buena suerte, Tom y Elena —les dijo, y luego añadió—: Mi hijo está convencido de que de verdad hay un Monstruo de las nieves. Yo siempre había oído que las Fieras protegían a la gente del reino en lugar de atacarla. Pero últimamente, se habla de un peligro sin nombre, se rumorea que está al norte de estos campos de hielo, en el Valle Glacial que hay más allá de las dunas.

—Gracias —dijo Tom sonriendo.

—¡Cuida mi trineo! —le pidió el jefe.

—Lo haré —contestó Tom. Entonces

movió las riendas y gritó—: ¡Vamos, *Tormenta*!

El caballo relinchó y un momento después, el trineo empezó a deslizarse hacia el norte, en dirección a los campos de hielo.

Elena se despidió con la mano, y *Plata* ladró alegremente. ¡Estaban en camino!

Brendan levantó la mano para despedirse.

Tom golpeó la parte de delante del trineo con las riendas y lanzó un grito de emoción. *Tormenta* empezó a avanzar, obedeciendo las órdenes que Tom le daba al tirar de las riendas. Tenía las orejas hacia atrás y los ojos medio cerrados por el viento helado. Cada vez avanzaba más rápido, levantando nubes de hielo y nieve con sus herraduras y el trineo.

Con cada bache que esquivaba el trineo sobre el suelo irregular, Tom se iba poniendo más nervioso. El reflejo del sol en el hielo le cegaba, y el frío le cortaba la circulación de las mejillas.

Atravesaron montículos blandos de nieve, grietas dentadas que se abrían en el hielo, charcos de agua brillante y riachuelos. *Nanook* podía estar escondi-

do en cualquier parte, pero Tom no veía ni huellas delatoras ni oía nada sospechoso.

Muy pronto, el trineo entró en un ancho valle, que se elevaba y terminaba en unas lenguas de terreno blancas.

—Éste debe de ser el valle del que nos habló Brendan —dijo Elena.

Les rodeaba un paisaje blanco y pla-

no que parecía extenderse hasta el infinito. Estaba rodeado de dunas de nieve a cada lado e interrumpido sólo por grupos de árboles larguiruchos de hojas anchas. Tom notó que el trineo hacía un ruido diferente al deslizarse por el suelo, un sonido más limpio.

—Debemos de estar sobre hielo más pulido —le dijo a Elena. Recordó la advertencia de Brendan y se preguntó si el hielo sería fino o grueso. ¿Estarían viajando sobre tierra sólida o sobre un lago en el fondo del valle?

Al mismo tiempo, Tom empezó a notar que tenía muchísimo calor con el abrigo de piel que Brendan le había dejado, a pesar de estar en el Valle Glacial. ¡Eso no era normal! ¿Cómo iba a haber una tormenta de nieve un día y una ola de calor al día siguiente? ¿Qué estaba ocurriendo con el tiempo?

—¡Qué calor! —dijo Elena como si le

hubiera leído el pensamiento. Se quitó el abrigo y lo puso en el asiento de al lado.

De pronto, Tom oyó un crujido. Miró hacia abajo. Por debajo de las cuchillas del trineo había charcos de agua.

Elena también lo había visto.

—¡Tom! —gritó—. ¡Creo que el hielo se está derritiendo!

Echó un vistazo al brillo que salía del agua de color turquesa. Parecía que los charcos se hacían cada vez más profundos. Entonces se dio cuenta de que el hielo se había abierto y que el agua que tenían debajo debía de ser un lago. ¡Justo lo que se había temido! Notó que le sudaban las palmas de las manos. El agua tenía un color precioso, pero era peligrosísima. Si el trineo se caía al agua helada, todos morirían.

—¡Sooo, *Tormenta*! —gritó Tom, y el caballo se paró.

Pero justo cuando se detuvo, el trineo se inclinó de golpe hacia un lado. Elena gritó y *Tormenta* relinchó aterrorizado al notar que el hielo se rompía por debajo de sus cascos.

Antes de que Tom pudiera reaccionar, el trineo se volvió a mover, ¡y Elena se cayó a las aguas heladas!

CAPÍTULO 6

EL RESCATE

—¡Elena! —gritó Tom.

Presa del pánico, vio cómo su amiga desaparecía bajo el hielo. *Plata* aulló, saltó del trineo y empezó a arañar el hielo alrededor del agujero que Elena había hecho al caer.

Pero Tom se dio cuenta que seguramente Elena no podría ver el agujero y debía de estar nadando por debajo del hielo, intentando desesperadamente salir a la superficie. En el agua helada no podría respirar y se le estaba acabando el tiempo.

Tom se puso a cuatro patas e intentó desplazarse sin hacer movimientos bruscos, buscando desesperadamente cualquier señal de movimiento bajo el hielo roto. Todos los segundos contaban. ¿Cómo iba a sobrevivir Elena en el agua helada? ¿Cuánto tiempo podría aguantar la respiración?

—¡Elena! —volvió a gritar, deslizándose por el hielo.

Justo entonces vio una sombra azulada por debajo del hielo, a poca distancia del agujero por donde había caído Elena.

Tom se puso de pie y desenvainó la espada. Cogió aire y con todas sus fuerzas golpeó el hielo con la empuñadura de la espada.

¡Tenía que funcionar! Pero para su

desesperación, vio que el hielo en esa parte era más grueso y no lo podía romper.

—¡Vamos! —volvió a gritar Tom, y golpeó otra vez con la empuñadura de la espada, aún con más fuerza. Ahora podía ver la mano de Elena por debajo

del hielo. Si no la sacaba de ahí inmediatamente, se ahogaría.

La empuñadura volvió a golpear el hielo y esta vez lo rompió.

Elena pudo salir a la superficie, dando bocanadas de aire. Estaba morada de frío.

—¡Agárrate a mí! —gritó Tom. Intentó cogerla, pero Elena se movía mucho, luchando por mantenerse a flote—. ¡No pierdas el control, porque te quedarás sin energía!

Pero la chica volvió a hundirse en el agua azulada. Tom lanzó un grito de dolor al meter el brazo en el agujero. Nunca había tocado nada tan frío. Sólo había metido el brazo en el agua durante unos segundos y ya casi no notaba la mano.

Entonces Elena volvió a salir a la superficie.

—¡Ayúdame, Tom! —le rogó. Pero ya apenas luchaba.

El muchacho sabía que si se sumergía otra vez, no volvería a salir. ¡No podía abandonarla!

Volvió a meter el brazo en el agua y le empezaron a castañetear los dientes. Pero al fin y al cabo, él sólo tenía un brazo en el agua, Elena tenía todo el cuerpo sumergido a temperaturas bajo cero.

—Agárrate a mi brazo —le dijo—. Yo te sujeto.

Temblando violentamente en el agua, Elena consiguió levantar el brazo, pero apenas se podía agarrar. Tom también empezaba a temblar. Sabía que la tenía que sacar de ahí, pero casi no podía notar el brazo.

De pronto, el chico notó una presión en la parte de detrás de las piernas. Era *Plata*.

El lobo tenía las riendas del trineo en la boca y las estaba poniendo alrededor de sus piernas. Tom entendió inmediatamente lo que estaba intentando hacer. ¡*Tormenta* podía tirar de ellos y ponerlos a salvo!

—¡*Plata*! —gritó Tom aliviado—. ¡Eres un lobo muy listo!

Se estiró hacia adelante y pasó la mano que tenía libre por debajo de la axila de Elena.

Entonces oyó a *Plata* ladrar dos veces y notó que estaban tirando de él hacia atrás. Entre *Tormenta* y él consiguieron sacar a Elena del frío agujero del agua.

Tom tensó los músculos, pero no soltó a su amiga hasta que *Tormenta* los arrastró por el frágil suelo y los llevó a un lugar donde el hielo era más grueso.

El corazón le latía con fuerza en el pecho.

Cuando *Tormenta* dejó de tirar, Tom se puso de pie, ayudó a Elena a subirse al asiento de atrás del trineo y la tapó con el abrigo de piel. Tenía suerte de habérselo quitado antes de caerse al agua, ¡era la única ropa seca que tenían!

—Estoy bi... bi... en —tartamudeó Elena intentando sonreír. *Plata* aulló y se acurrucó a su lado, tratando de darle calor.

—Es curioso —comentó Tom—, el agua está helada, sin embargo hace calor. Demasiado calor. —Levantó la cabeza y observó el cielo azul y el sol. Esas temperaturas no eran normales para el norte de Avantia. ¿Qué estaba pasando?

Tormenta relinchó preocupado y apoyó la cabeza en el pecho de Tom. El chico pasó su mano entumecida sobre las crines negras del caballo. Notó como un latido en la cabeza.

«Debe de ser mi pulso», fue lo primero que pensó.

Pero un momento después se dio cuenta de que la pulsación venía de otro lado.

Sonaba como si fueran unos golpes

que tenían un ritmo regular y amenazador, y cada vez que los oía, el hielo temblaba ligeramente por debajo de sus pies.

Tom escuchó atentamente. Enseguida oyó otro sonido, el tintineo de una campana a lo lejos.

Le recorrió un escalofrío.

—*Nanook*—susurró.

CAPÍTULO 7

AISLADOS

Con el corazón latiéndole a toda velocidad, Tom miró a su alrededor. A lo lejos, la línea del horizonte estaba interrumpida por las dunas de nieve, pero no había señal del Monstruo de las nieves. Entonces, miró hacia abajo y vio que con cada pulsación, las grietas del hielo se empezaban a abrir más. Se quedó sin respiración al ver que cada vez había más y que le empezaban a rodear.

Tormenta los había llevado a un sitio seguro, pero ¡ya no era tan seguro!

De repente, recordó las viejas historias de su infancia sobre *Nanook*. Su tío le había contado que podía romper el hielo de un solo pisotón. Bajo el maleficio de Malvel, *Nanook* podría causar un desastre natural. Si el hielo de los campos se rompía, no se podría ir al mercado de Avantia. El reino se quedaría sin medicinas, y la gente enfermaría y se moriría. ¡Tenía que hacer algo!

—¿Puedes sentir las vibraciones? —le susurró a Elena.

Su amiga, que seguía tiritando en el trineo, miró hacia el laberinto de grietas que se habían formado en el hielo. Luego miró a Tom con miedo.

—Es *Nanook*, ¿verdad?

—Tenemos que encontrarlo —dijo él, asintiendo lentamente—. Debe de estar escondido en algún lugar cerca de esas dunas de nieve. —Señaló hacia las dunas que había a un lado del valle.

En la distancia, se volvió a oír el siniestro tintineo de la campana. A Tom le pareció que le atravesaba los oídos, era un sonido de campana que nunca había oído antes.

Elena se quedó mirando las dunas.

—¿Qué ha sido eso? —preguntó.

—Albin dijo que el Monstruo de las nieves llevaba una campana colgada al cuello —dijo Tom—. A lo mejor la campana es parte del maleficio de Malvel.

¿Tendría esa campana algo que ver con las altas temperaturas? Quizá fuera su imaginación, pero le daba la sensación de que cada vez que la oía, hacía más calor.

De pronto, oyó un ruido muy fuerte, y un temblor recorrió el hielo. Apareció una enorme raja. *Tormenta* relinchó muerto de miedo, y Tom se quedó sin respiración al caer de rodillas.

—¡El hielo se está abriendo! —gritó el muchacho desesperado. Se puso de pie y empezó a tirar del arnés de *Tormenta*—. Tenemos que soltarlo. Si se cae por una grieta, *Tormenta* acabará en el lago. ¡Y se morirá!

A pesar de que seguía tiritando, Elena consiguió bajarse del trineo e ir hasta donde estaba Tom. Entre los dos empezaron a desatar las correas del arnés. El hielo que tenían por debajo crujió y rugió. Sonaba como el aullido de dolor de un animal, era como si el hielo estuviera vivo. *Tormenta* relinchó aterrorizado.

Por fin, Tom desató la última correa, y el caballo quedó libre del trineo.

Rápidamente, el chico sacó su espada y su escudo del trineo, se subió al caballo y ayudó a Elena a subir detrás de él.

—¡Arre, arre! —gritó. Tenían que cruzar el lago helado y llegar a las dunas antes de que la grieta se convirtiera en un río.

Con *Plata* corriendo a su lado, salieron disparados por el hielo mientras que la grieta de agua color turquesa se hacía cada vez más ancha. *Tormenta* nunca había galopado tan rápido. El viento les daba en las mejillas y les dejaba sin aire en los pulmones. ¿Lo conseguirían?

—¡Más rápido, *Tormenta*! —apremió Tom—. ¡Más rápido! Tenemos que llegar a aquellas dunas.

Vio que *Plata* iba delante de ellos y se ponía a salvo en las dunas. Pero justo cuando estaban al borde del hielo, ¡la grieta les alcanzó! Ahora tenían delante una corriente de agua color turquesa, que se iba haciendo cada vez más ancha. Tom y Elena se miraron horrorizados.

Pero *Tormenta* no vaciló. Reunió fuerzas, tensó los músculos y saltó hacia adelante. Tom notó el zumbido del aire al pasar. ¡Era como si estuvieran volando! Podía oír a Elena gritando detrás de él y a *Plata* aullando. Las patas delanteras de *Tormenta* se estiraron hacia adelante y aterrizaron unos centímetros más allá de donde empezaba la nieve blanda. *Tormenta* patinó y se paró antes de llegar a las dunas, levantando una nube de nieve con los cascos.

Justo cuando aterrizaron, el hielo se rompió con un ruido atronador, y se

formó un río que se extendía por ambos lados hasta donde se perdía la vista. Las peligrosas aguas color turquesa se movían y hacían burbujas. Tom y Elena vieron horrorizados cómo el trineo de Brendan se volcaba, rodaba y desaparecía en el agua, para siempre.

Se sentaron jadeando y observaron el río que se había formado en el campo de hielo. Había separado el Valle Glacial del resto de Avantia. Ahora sí que tenían que terminar su misión. Si *Nanook* había aislado el Valle Glacial del resto del reino, sólo él podía volver a juntarlo. Si no, los poderes curativos de las hierbas del ártico nunca saldrían de las costas del norte, y mucha gente del reino moriría a causa de la falta de medicinas.

Tom hizo que *Tormenta* se dirigiera hacia las dunas de nieve.

—*Nanook*, es hora de que nos enfrentemos cara a cara —dijo—. ¡Mientras corra la sangre por mis venas, terminaré mi misión!

Justo entonces oyeron un rugido aterrador, acompañado del siniestro tintineo de la campana. Esta vez sonaba muy cerca.

«¡Ha llegado el momento! —pensó Tom, sintiendo que el miedo le retorcía el estómago—. ¡Ha llegado el momento de enfrentarme a otra Fiera!»

CAPÍTULO 8

FURIA EN EL HIELO

«Tengo que enfrentarme a mis miedos —se dijo Tom—. Esta misión es demasiado importante. No puedo fallar. El reino de Avantia cuenta conmigo.»

Con determinación, clavó los talones en los costados de *Tormenta* y, con Elena agarrada detrás, salieron al galope hacia las dunas de nieve. Se encontraron con el principio de un camino estrecho.

La Fiera estaba justo delante de ellos.

Era más grande que cualquier otro monstruo que Tom se hubiera imaginado. Tenía el pelo blanco, los ojos más rojos que el fuego de un herrero y unas garras de marfil afiladas como dagas. La cara se le retorcía de dolor y de odio, y en su cuello pelado llevaba una campanita colgada de una cadena de oro, que brillaba con una energía malvada. *Nanook* tiraba furiosamente de la cadena, intentando arrancar la campana, y luego rugía ferozmente y daba pisotones en el suelo. Las dunas temblaban con cada pisotón.

Elena soltó un grito del miedo.

Entonces *Nanook* los vio. Volvió a rugir y salió disparado hacia adelante, con las garras hacia ellos.

Plata aulló y *Tormenta* se puso de pie sobre las patas traseras, haciendo que Tom y Elena cayeran al suelo. *Nanook* se abalanzó hacia el muchacho.

Tom consiguió echarse a un lado justo a tiempo y levantó el escudo en el mismo momento en que las garras de la Fiera le atacaron. *Nanook* clavó profundamente las garras en la madera, le arrancó el escudo de las manos y se lo tiró encima. El muchacho se agachó, y el escudo pasó silbando a su lado antes de aterrizar en el campo de hielo.

Sin el escudo, no podría salir con vida. ¡Tenía que ir por el frágil hielo y recuperarlo!

Se levantó y salió disparado. Le quemaban los pulmones y las piernas le latían, temiendo que en cualquier momento la Fiera le clavara las garras en la piel. Cuando estaba a punto de coger el escudo, se resbaló en el hielo, pero consiguió agarrarlo al pasar deslizándose a su lado. Siguió deslizándose hasta que se chocó contra una duna.

—¡Cuidado, Tom! —gritó Elena.

Se dio la vuelta y vio que *Nanook* le iba a atacar por segunda vez. Una vez más, intentó protegerse con el escudo. La inmensa garra de la Fiera golpeó a Tom con tal fuerza que lo lanzó hasta la mitad de la duna. El chico oyó el relincho atemorizado de *Tormenta* y, bajo el rugido de la Fiera, el tintineo de la campana hechizada. El brazo con el que aguantaba el escudo le quemaba de dolor. Le aterrorizaba pensar que para *Nanook* esto sólo era el principio.

—¡Elena, coge a *Tormenta* y a *Plata* y sácalos de aquí! –gritó rápidamente.

La Fiera pegó un pisotón en el hielo con sus inmensas patas y lanzó sus mandíbulas hacia Tom, que estaba aturdido, tirado sobre la duna.

Pero justo en ese momento, se abrió una grieta en el hielo bajo los pies de *Nanook*. En un instante, la fiera desapa-

reció en las aguas heladas, igual que le había pasado a Elena.

Tom miró sorprendido cómo el agua se movía y hacía burbujas.

—Tom —gritó Elena desde el otro lado del hielo—. Saca tu espada.

El muchacho movió la cabeza intentando despejarse.

—¿Qué?

—Cuando *Nanook* salga a respirar.

Pero según hablaba, un chorro de agua salió disparado hacia arriba como si fuera una fuente, y *Nanook* apareció lanzando un rugido triunfante. Tom pudo ver claramente la cadena que le colgaba del cuello.

—¡Rápido, Tom! —gritó Elena cuando la Fiera empezó a salir del agua helada.

El chico respiró profundamente, sacó su espada y se deslizó por el hielo sobre su estómago, como si fuera una foca.

Cuando se acercó a la Fiera, metió la punta de la espada entre la piel magullada de su cuello y la cadena de oro, y la giró con todas sus fuerzas.

Consiguió doblar uno de los eslabones, pero la cadena dorada era muy gruesa y no se iba a romper con tanta facilidad.

Metió la hoja de la espada más profundamente en el eslabón y volvió a tirar de la empuñadura con las dos manos. Tom se echó hacia atrás cuando la Fiera rugió y volvió a sumergirse en las aguas heladas, intentando arrastrarle con ella. El muchacho puso todo su peso hacia atrás e intentó clavar los pies en

el resbaladizo hielo. ¡No podía caerse al agua! Eso sería el final. Pudo ver que el eslabón de la cadena se abría cada vez más.

—Por favor, rómpete —rogó.

Entonces, para su sorpresa, ¡la cadena estalló! Los eslabones dorados brillaron con una luz azulada y desaparecieron en el aire, y la campanita cayó al suelo justo delante de él, silenciada para siempre.

—¡Bien! —gritó, agitando su espada con aire triunfal.

Nanook volvió a sumergirse en el agua sin hacer ruido.

Tom esperó nerviosamente a que volviera a salir a la superficie, pero las aguas turquesa que se lo habían tragado permanecieron tranquilas. ¿Había liberado a la Fiera? ¿La habría matado? Al final ¿había fracasado en su misión?

En ese momento se abrió el suelo

lanzando una cascada de trozos de hielo por el aire, y *Nanook* volvió a aparecer, salió del agua y sacudió su grueso pelaje.

Ya no tenía los ojos rojos, sino que eran de color azul como el hielo. Tom y la Fiera se miraron durante un buen rato. Entonces, el Monstruo de las nieves se acercó tranquilamente. El chico aguantó la respiración, pero lo único que hizo la Fiera fue apoyar su morro suave y húmedo contra su mejilla, como si le estuviera dando las gracias.

Luego, *Nanook* se dio la vuelta de gol-

pe y se alejó por el campo de hielo, moviendo los brazos y los pies a gran velocidad. Levantó su inmenso puño para despedirse y desapareció por la duna de nieve. Se había ido. Y era libre.

Tom sintió un gran orgullo. Había conseguido liberar a otra fantástica Fiera del maleficio de Malvel. ¡Qué afortunado era! Se había encontrado cara a cara con las criaturas más poderosas del reino. Casi todo el mundo pensaba que las criaturas no eran más que mitos, pero él las había visto en carne y hueso y había luchado contra ellas, ¡y al mismo tiempo estaba salvando el reino de Avantia!

Vio la campana que estaba en el suelo y la cogió pensativo. El sol había desaparecido detrás de unas nubes grises y notó que las temperaturas empezaban a bajar. A lo mejor tenía razón y parte del maleficio de Malvel hacía que la temperatura en las tierras del norte subiera para que los campos de hielo se derritieran.

De pronto, Tom se acordó de Elena. Ahora que la temperatura había bajado, debía de estar pasando muchísimo frío después de haberse caído en el agua helada. Se acercó corriendo hacia ella.

Elena seguía en la duna, tiritando sin parar. Le castañeteaban los dientes y apenas podía hablar. Tenía la piel morada del frío. Tom se quitó el abrigo de piel y entonces se lo puso sobre los hombros; a continuación la abrazó con fuerza para pasarle el calor de su cuerpo.

—Qué f... f... frío —dijo Elena débilmente, agarrándose a su brazo—. ¡Pero has liberado a *Nanook*!

Plata le lamió la cara y le olisqueó las orejas.

—Nosotros hemos liberado a *Nanook*. Lo hicimos entre todos —la corrigió Tom. Después añadió para tranquilizarla—: No te preocupes, Elena. Ya verás cómo todo saldrá bien. —Intentó sonreír, pero por dentro estaba muerto de miedo. Elena estaba empapada y tener la ropa mojada con tanto frío podía resultar letal. Muy pronto se haría de noche, y sin un refugio ni un trineo para volver al campamento... ¿sobreviviría Elena hasta la mañana siguiente?

CAPÍTULO 9

LA RECUPERACIÓN

Tom oyó un relincho muy fuerte y miró hacia arriba. *Tormenta* estaba en la parte de arriba de la duna, mirando hacia el este, moviendo las crines y golpeando el suelo con el casco.

El chico sabía que el caballo intentaba llamar su atención para que viera algo.

—Vuelvo en seguida —le dijo a Elena y subió la duna rápidamente.

Desde arriba, podía ver los amplios campos de hielo. A lo lejos vio dos figuras en un trineo arrastrado por un poni dorado.

¿Serían Brendan y Albin?

—¡Eh! —gritó—. ¡Socorro! ¡Ayuda! —Pero aunque gritaba muy fuerte, sabía que estaban demasiado lejos para oírle.

Tom abrazó a *Tormenta* por el cuello.

—Quédate con Elena. ¡Voy a buscar ayuda! —le dijo.

Cuando liberó a *Tagus*, el Hombre caballo, recibió un trozo de herradura plateada de la Fiera para ponerlo en el escudo. Ese trozo le daba el poder de la velocidad, ¡y en ese momento lo necesitaba!

Puso el escudo boca arriba en el suelo, saltó encima y salió deslizándose por la empinada cuesta de la duna. Pero cuando llegó abajo, no perdió velocidad. De hecho, ¡cada vez iba más

rápido! ¡La magia del escudo funcio-
naba!

Muy pronto se encontró deslizándose en el escudo por el campo de hielo
en dirección al trineo. El frío viento le

golpeaba, sobre todo porque sólo llevaba su túnica, pero se obligó a concen-
trarse en alcanzar el trineo.

Entonces una de las figuras se levantó y empezó a saludar con el brazo.

¡Era Albin!

—¡Pensaba que necesitaríais ayuda!
—dijo.

Brendan sonrió.

—No iba a dejarme en paz hasta que
viniera a buscaros. Dijo que tenía el
presentimiento de que estabais en peligro. ¿Estáis bien?

Tom sonrió aliviado.

—Estamos bien, pero Elena necesita
tus poderes curativos. ¡Habéis llegado
justo a tiempo!

—¿Has visto al Monstruo de las nieves? —preguntó Albin ansiosamente.

—Digamos que tu gente vuelve a estar a salvo —contestó Tom sonriendo.
Había prometido mantener su misión

en secreto y no podía romper su promesa, ni siquiera ahora que había liberado a *Nanook*.

—Lo entiendo, Tom —dijo Brendan dándole golpecitos en la espalda—. Gracias. Todos los del clan estamos en deuda contigo.

Rápidamente fueron hasta donde Elena seguía tiritando. Brendan la abrigó con ropa seca y mantas de lana, y le dio un tratamiento de hierbas que pronto le devolvió el color rosa a sus mejillas.

—Te dije que todo saldría bien —le recordó Tom apretando la mano de su amiga.

Ella también le apretó la mano.

—Gracias a ti.

Brendan y Albin regresaron al campamento para comunicar al resto del clan que las tierras del norte volvían a ser seguras y organizar un gran festín para celebrar las buenas noticias.

Tom y Elena los siguieron a lomos de *Tormenta*, con *Plata* corriendo a su lado.

—Los campos de hielo que se habían separado vuelven a unirse —dijo Tom.

—La tierra se está curando sola —asintió Elena.

Era cierto. El río turquesa ya se había congelado en varios sitios.

Sabían que ahora que *Nanook* ya no rompería más el hielo y que el clima había vuelto a la normalidad, la ruta para llevar hierbas y medicinas a Avantia volvería a abrirse. Y *Nanook* protegería los campos de hielo de las panteras y otros animales salvajes, para que los nómadas pudieran vivir y trabajar en paz.

Mientras viajaban por el paisaje nevado vieron aparecer en el aire un brillo familiar. El brillo poco a poco se fue transformando en la imagen de un hombre de cabello blanco, vestido con una túnica roja, que parecía estar flotando por encima del hielo.

—¡Brujo Aduro! —exclamó Tom. Sabía que el brujo podía seguir sus progresos desde el palacio del rey Hugo en la ciudad—. ¡Me preguntaba si ibas a venir!

—Una vez más habéis actuado con valentía y habéis luchado bien —les dijo el brujo—. *Nanook* ya puede volver a proteger a los habitantes del norte, y ahora los abastecimientos de medicinas podrán llegar al resto del reino de Avantia sin problemas.

—¿Estaba Malvel controlando también el clima? —preguntó Tom.

—Su magia es poderosa —dijo Aduro—. Podía cambiar el clima en una zona pequeña, a través de la campana embrujada que llevaba *Nanook* en el cuello. Podía provocar tormentas de nieve o hacer que subieran las temperaturas. Pero cuando tú liberaste a la Fiera, los efectos se invirtieron.

Tom sacó la campanita del bolsillo. Era difícil de creer que algo tan pequeño pudiera causar tantos problemas.

—Pon la campana en tu escudo —le ordenó el brujo, y Tom así lo hizo—. Al igual que la escama del dragón te pro-

tege del fuego; el diente de la serpiente, del agua; la pluma del águila, de caerte, y el trozo de herradura te da velocidad, la campana te protegerá del frío extremo. —Los miró con una cara muy seria—. Pero tened cuidado. Sólo con la magia no podréis protegeros de la Fiera más peligrosa de todas.

Elena tembló.

—¿Es ésa la siguiente Fiera a la que nos vamos a enfrentar?

Aduro asintió.

—Debéis viajar hacia el Lejano Este, donde *Epos*, el Pájaro en llamas, os espera. Ésta será vuestra misión más difícil. —El brujo miró hacia el campamento de los nómadas—. Pero antes, debéis descansar. Saciad vuestra hambre y sed, y recuperad fuerzas para el largo viaje que os espera y para la batalla contra *Epos*. —Levantó una mano para despedirse y su imagen empezó a desvanecerse—. Buena suerte.

Entonces desapareció.

Tormenta relinchó suavemente, y *Plata* miró a Elena.

—La fiera más peligrosa de todas —repitió la chica nerviosamente.

—Mejor no pensamos en eso esta noche —dijo Tom—. Vamos a disfrutar del festín y mañana nos enfrentaremos al futuro.

Les esperaban nuevas aventuras.

¿Sería Tom lo suficientemente fuerte para enfrentarse a ellas? Entonces pensó en su padre.

—Mientras corra la sangre por mis venas, haré que se sienta orgulloso de mí —prometió—. ¡Y seguiré esta misión hasta el final!

Acompaña a Tom en su nueva aventura
de *Buscafieras*.

Enfréntate a

EPOS,
EL PÁJARO EN LLAMAS

¿Podrá Tom liberar a *Epos* del hechizo
maléfico de Malvel?

PRÓLOGO

«Estoy perdido», pensó Owen.

El túnel terminaba en otra cueva oscura. Presa del pánico, Owen intentó volver sobre sus pasos, pero sabía que era inútil. Había dejado marcas de tiza en las paredes de piedra, pero estaba demasiado oscuro para verlas.

Sólo un rato antes, había estado jugando frente a las cuevas que había al norte del pueblo. Fue entonces cuando oyó unos fuertes ruidos que venían del interior de éstas. Sonaban como a arañazos.

Nadie entraba en ellas, porque eran peligrosas y se extendían por kilómetros bajo el suelo. Además, solía haber muchos desprendimientos de rocas. Pero Owen no podía ignorar lo que estaba oyendo.

«Seguramente es un animal que se metió a investigar y se ha perdido —se dijo a sí mismo—. No tardaré mucho en ayudarle a salir.»

Había intentado llegar hasta donde se oían los ruidos, pero se había perdido y se hallaba indefenso en medio de la fría oscuridad.

—¿Hay alguien ahí? —preguntó. El eco de su voz regresó hasta él. Las cuevas hacían que los sonidos rebotaran y, cuando parecía que venían de un lado, en realidad venían del otro.

Siguió avanzando al tacto, tocando la roca dentada con los dedos hasta que, de pronto, no tocó nada. Dio unos pasos y se dio cuenta de que había llegado a la boca de otra cueva. Un poco más adelante se veía una débil luz. Miró hacia arriba, y en lo alto, entre las rocas, pudo ver un trozo de cielo azul.

Con el pie, notó que había algo en el suelo. Era un trozo de armadura chamuscada. ¿De dónde habría salido? ¿Y qué le habría pasado al caballero que la llevaba? Parecía la parte de la armadura que protegía la barbilla y la mandíbula, pero en pequeño.

De repente, un chillido estremecedor cortó el aire. Owen dio un grito de terror y miró a su alrededor, desesperado.

Una figura salió de entre las sombras y avanzó hacia él. Horrorizado, el chico vio que se trataba de un pájaro gigante.

Era inmenso. Sus alas desplegadas parecían velas de barco y estaban cubiertas de plumas cortas de color dorado. Tenía el pico largo y afilado como una espada. Miraba fijamente a Owen con una mirada intensa, como el hierro al rojo vivo que trabajaban los herreros. Arañaba la roca con sus espolones, rompiéndola en mil pedazos.

Al muchacho le latía el corazón a toda velocidad. Se dio cuenta de que ése era el ruido que había oído, que ése era el animal que él había querido ir a rescatar. Pero ahora, el que necesitaba ser rescatado era él, ¡y cuanto antes mejor!

La criatura se abalanzó contra él y, de pronto, ¡todo su cuerpo se cubrió de llamas! Owen se tiró al suelo justo cuando la Fiera alzó el vuelo, batiendo las alas ferozmente y volando directamente hacia él.

CAPÍTULO 1

UNA AMENAZA MALVADA

—Debemos de estar casi al final del bosque —le dijo Tom a su amiga Elena, que iba detrás de él. Sacó la espada y empezó a cortar la maleza espinosa que bloqueaba el camino. La luz era débil, y entre las ramas, apenas se veía el cielo gris.

—No te preocupes, aguantaré —le aseguró ella. Llevaba a *Tormenta*, el caballo negro de Tom, de las riendas, y se detuvo un momento para apoyarse en él—. Pero la verdad es que no me vendría mal un descanso.

Su lobo mascota, *Plata*, se tumbó en la hierba alta que había cerca de ella y ladró.

—¿Has oído eso? —Elena sonrió—. *Plata* está de acuerdo conmigo.

Pero el chico negó con la cabeza.

—Hemos tardado casi dos semanas en llegar hasta aquí. Tenemos que seguir.

—¡No mucha gente tendría tanta prisa en luchar contra un pájaro gigante en llamas! —dijo su amiga.

Tom también estaba agotado, pero con una

nueva oleada de determinación, levantó la espada y siguió cortando enérgicamente la maleza. Tenía una misión que cumplir para el rey Hugo de Avantia. No podía abandonar cuando ya casi vislumbraba el final.

Su misión era salvar el reino de la amenaza de las Fieras, unas criaturas legendarias que habían sido transformadas por un maleficio del brujo malvado, Malvel. Antes, Tom pensaba que las Fieras sólo eran una leyenda, pero ahora sabía que eran muy reales.

Elena y *Plata* se habían unido a él y *Tormenta* en la misión, y juntos habían arriesgado la vida para liberar a las Fieras del maleficio de Malvel. Ya se habían enfrentado al Gigante de la montaña y a la Serpiente marina. Habían vencido al Hombre caballo, al Dragón de fuego y al terrible Monstruo de las nieves. Ahora su objetivo era liberar a *Epos*, el Pájaro en llamas, de la oscura maldición a la que estaba sometido.

Tom cogió el escudo que llevaba a la espalda y lo usó para aplastar algunas ramas.

—Vamos a descansar unos minutos mientras miramos el mapa —le dijo a Elena.

—¡Bien! —exclamó Elena sentándose en el suelo al lado de *Plata*.

Tormenta se acercó, apoyó el hocico en el hombro de Elena y relinchó suavemente.

Tom sacó del bolsillo el mapa mágico de Avantia. Se lo había dado el consejero más fiel al rey, el brujo Aduro.

El muchacho se sentó al lado de Elena. Pasó el dedo por encima de los árboles, colinas y lagos, y el paisaje que se veía en el pergamino empezó a elevarse hasta una altura como la uña de su dedo pulgar. Una línea verde parpadeante marcaba el camino que ambos habían seguido desde el Valle Glacial del norte hasta los grandes bosques del este.

—Estamos casi al final del bosque —dijo Tom aliviado.

Elena señaló en el mapa una montaña en miniatura que había nada más pasar el bosque.

—Eso debe de ser un volcán. —Mientras observaba el mapa, empezaron a salir unas nubecitas de humo de la montaña.

—Se supone que está inactivo —comentó el chico—. Según el mapa, es ahí donde encontraremos a *Epos*. —Le recorrió un escalofrío de inquietud—. Aduro dijo que era la Fiera más peligrosa. —Frunció el ceño—. ¿Por qué construirían un pueblo tan cerca de un volcán, aunque esté inactivo?

—La tierra que hay alrededor de los volcanes es muy fértil —explicó Elena—. Me lo contó mi tío. —Se miró las manos, pensativa—. Ya hace mucho tiempo que dejé mi pueblo y echo de menos a la gente.

Tom sonrió.

—Cuando terminemos nuestra misión, seguro que Aduro te lleva de vuelta a casa.

—¿Y tú? —preguntó ella—. ¿Volverás a Errinel con tus tíos?

—Supongo que sí —contestó Tom mirando hacia otro lado—. Pero lo que de verdad quiero es encontrar a mi padre.

La madre de Tom había muerto al nacer él, y su padre, Taladón *el Rápido*, había desaparecido poco después. El muchacho se había criado con sus tíos, pero tenía la esperanza de encontrar a su padre algún día. Lo único que sabía de Taladón era que había estado al servicio del rey Hugo, igual que él ahora.

—Espera. —Tom movió la nariz—. ¿Hueles a humo?

Elena tosió.

—Alguien debe de haber encendido una hoguera.

De pronto, se oyó un gran estruendo y el suelo

tembló. *Tormenta* relinchó y empezó a recular, alarmado, mientras que Tom y Elena se ponían de pie. El chico miró hacia arriba. A través de las ramas, pudo ver unas nubes negras que tapaban el cielo. De las nubes salían disparadas estelas de fuego, como si fueran estrellas fugaces.

—El volcán —exclamó Elena—. ¡Va hacer erupción!

—Tenemos que buscar refugio —dijo Tom—. Seguro que el Pájaro en llamas ya ha empezado a causar problemas.

De repente, su amiga se quedó inmóvil.

—Mira —balbuceó, mirando más allá de donde estaba él.

Tom se volvió y notó que se le subía el corazón a la boca. En un claro del camino, no muy lejos de donde ellos estaban, vio una criatura gigantesca con aspecto de pájaro. Tenía el pico muy afilado y le salían llamas de color dorado de todo el cuerpo. En una de sus musculosas patas llevaba un aro dorado, y la tierra echaba humo debajo de sus talones. Sus inmensas alas brillaban y, al agitarlas, prendían fuego a los arbustos que tenían a su alrededor.

—*Epos*. —Tom respiró hondo y apretó con fuerza el mango de la espada—. Vinimos hasta aquí para encontrarla, ¡pero ella nos ha encontrado a nosotros!

La Fiera entrecerró sus ojos rojos y enfurecidos mientras alzaba el vuelo en medio del bosque ardiendo. Tom vio que bajo sus garras se formaba una bola de fuego con llamas color violeta.

Entonces, con un chillido de rabia, ¡*Epos* lanzó la bola de fuego directamente hacia él!

**Sigue esta aventura en
EPOS, EL PÁJARO EN LLAMAS.**

Enfréntate a las Fieras.
Vence a la Magia.

www.destinojoven.com/buscafieras

¡Entra en la web de *Buscafieras*!

Encontrarás información sobre cada uno de los libros, promociones, animación y las últimas novedades sobre esta colección.

Fíjate bien en los cromos coleccionables que regalamos en cada entrega. Cada uno de ellos, tiene un código secreto en el reverso que te permitirá tener acceso a contenidos exclusivos dentro de la página web de *Buscafieras*.

Hay doce cromos en total, dos en cada libro.
¡Atrévete a coleccionarlos todos!

¡Consigue la camiseta exclusiva de BUSCAFIERAS!

Sólo tienes que rellenar **4 formularios** como los que encontrarás al pie de esta página, de **4 títulos distintos** de la colección Buscafieras. Envíanoslos a EDITORIAL PLANETA, S. A., Área Infantil y Juvenil, Departamento de Marketing (BUSCAFIERAS), Avda. Diagonal, 662-664, 6.ª planta, 08034 Barcelona.

Promoción válida para las 1.000 primeras cartas recibidas.

Nombre del niño/niña: ....

Dirección: ....

Población: .... Código postal: ....

Teléfono: .... E-mail: ....

Nombre del padre/madre/tutor: ....

☐ Autorizo a mi hijo/hija a participar en esta promoción.

☐ Autorizo a Editorial Planeta, S. A. a enviar información sobre sus libros y/o promociones.

Firma del padre/madre/tutor:

BUSCAFIERAS
Nº 5
PRUEBA DE COMPRA